四庫全書宋詞別集叢刊

廿三

竹山詞

蔣捷

竹齋詩餘

黄機

四庫全書
宋詞別集
叢刊 廿三

商務印書館

竹山詞

蔣捷

欽定四庫全書　集部十

竹山詞　詞曲類　詞集之屬

提要

臣等謹案竹山詞一卷宋蔣捷撰捷字勝欲自號竹山宜興人德祐中嘗登進士宋亡之後遁跡不仕以終是編為毛晉汲古閣所刊卷首載至正乙巳湖濱散人題詞謂此稿得之唐士牧家雖無銓次已無遺逸當猶元人

所傳之舊本矣其詞練字精深調音諧暢為倚聲家之榘矱間有故作狡獪者如水龍吟招落梅䰟一闋通首住句用些字瑞鶴仙壽東軒一闋通首住句用也字而於虛字之上仍然叶韻蓋偶用詩騷之格非若黃庭堅趙長卿輩之全不用叶竟成散體者比也他如應天長一闋注云次清真韻前半闋轉翠龍池闊句止五字而考周邦彥詞作止是夜堂

無月實六字句後半闋漫有戲龍盤句亦五字而考周詞又見漢宫傳燭實亦六字此必刊本各有脱字唐多令之訛為糖多尤足噱其喜遷鶯調所載改本一闋視元詞殊腻風韻似非捷所自定詞綜譏之甚當但指為史達祖詞則又誤記耳乾隆四十九年八月恭校上

總纂官臣紀昀臣陸錫熊臣孫士毅

總校官臣陸費墀

欽定四庫全書

竹山詞

宋 蔣捷 撰

賀新郎 秋曉

渺渺啼鴉了亘魚天寒生峭嶼五湖秋曉竹几一鐙人做夢嘶馬誰行古道起搔首窺星多少月有微黄籬無影挂牽牛數朶青花小秋太淡添紅棗 愁痕倚賴西風掃被西風翻催鬢鬒與秋俱老舊院隔霜簾不捲金

粉屏邊醉倒計無此中年懷抱萬里江南吹簫恨恨參差白雁橫天杪煙未斂楚山杳

又 約友三月旦飲

雁嶼晴嵐薄倚層屏千樹高低粉纖紅弱雲隘東風藏不盡吹豔生香萬壑又散入汀蘅洲葯擾擾匆匆塵土面看歌鶯舞燕逢春樂人共物知誰錯 寶釵樓上圍簾幙小嬋娟雙調彈箏半霄鸞鵠我輩中人無此分琴思詩情當却也勝似愁橫眉角芳景三分才過二便綠

陰門巷楊花落沽斗酒且同酌

又 吳江

浪湧孤亭起是當年蓬萊頂上海風飄墜帝遣江神長守護八柱蛟龍纏尾鬬吐出寒煙寒雨昨夜鯨翻神軸動卷雕輦擲向虛空裏但留得絳虹住　五湖有客扁舟艤怕羣仙重遊到此翠旌難駐手拍闌干呼白鷺為我慇勤寄語奈鷺也驚飛沙渚星月一天雲萬壑覽茫茫宇宙知何處鼓雙揖浩歌去

又 懐舊

夢冷黃金屋嘆秦箏斜鴻陣裏素絃塵撲化作嬌鸎飛歸去猶認紗窻舊緑正過雨荆桃如菽此恨難平君知否似瓊臺湧起彈碁局消瘦影嫌明燭 鴛樓碎瀉東西玉問芳蹤何時再展翠釵難卜待把宮眉横雲樣描上生綃畫幅怕不是新来妝束綵扇紅牙今都在恨無人解聽開元曲空掩袖倚寒竹

又 兵後寓吳

深閣簾垂綉記家人軟語燈邊笑渦紅透萬疊城頭哀怨角吹落霜花滿袖影廝伴東奔西走望斷鄉關知何處羨寒鴉到著黄昏後一點點歸楊柳　相看只有山如舊歎浮雲本是無心也成蒼狗明日枯荷包冷飯又過前頭小阜趂未發且嘗春酒醉探枵囊毛錐在問隣翁要寫牛經否翁不應但揺手

沁園春　為老人書南堂壁

老子平生辛勤幾年始有此廬也學那陶潛籬栽些菊

依他杜甫園種些些蔬除了雕梁肯容紫燕誰管門前長者車怪近日把一庭明月却借伊渠　鬢邊白髮紛如又何苦招賓納客歟但夏榻宵眠面風歌枕冬簷晝短背日觀書若有人尋只教僮道這屋主人今日居休羡彼有搖金寶轡織翠華裾

又次强雲卿韻

結算平生風流債負請一筆勾蓋攻性之兵花園錦陣毒身之鴆笑齒歌喉豈識吾儒道中樂地絕勝珠簾十

里迷樓因底嘆晴乾不去待雨淋頭　休休著甚来由硬鐵漢從来氣食牛但只有千篇好詩好曲都無半點閒悶閒愁自古嬌波溺人多矣試問還能溺我否高擡眼看牽絲傀儡誰弄誰收

女冠子 元夕

蕙花香也雪晴池館如畫春風飛到寶釵樓上一片笙簫琉璃光射而今燈謾掛不是暗塵明月那時元夜況年来心嬾意怯羞與蛾兒爭耍　江城人悄初更打問

繁華誰解再向天公借剔殘紅灺但夢裏隱隱鈿車羅帕吳牋銀粉砑待把舊家風景寫成閒話笑綠鬟鄰女綺牕猶唱夕陽西下

又 競渡

電旂飛舞雙雙還又爭渡湘灘雲外獨醒何在翠藥紅蘅芳菲如故深衷全未語不似素車白馬卷潮起怒但悄然千載舊跡時有閒人弔古　生平慣受椒蘭苦甚魄沈寒浪更被饞蛟妒結瓊紉璐料貝闕隱隱騎鯨煙

霧楚妃花醉鞾倚暮玉簫吹了沂陂同步待月明洲渚
小留旌節朗吟騷賦

大聖樂 陶成之生日

笙月涼邊翠翹雙舞壽仙曲破更聽得豔拍流星慢唱
壽詞初了羣唱蓮歌主翁樓中披鶴氅展一笑微微紅
透過襟懷好縱炎官駐繖長是春和　千年鼻祖事業
記曾趁雷聲飛快揆但也曾三徑撫松採菊隨分吟哦
富貴浮雲榮華風過淡處還他滋味多休辭飲有碧荷

貯酒深似金荷

解連環 岳園牡丹

妒花風惡吹青陰漲却亂紅池閣駐媚景別有仙葩遍瓊甃小臺翠油疎箔舊日天香記曾遶玉奴絃索自長安路遠膩紫肥黃但譜東洛 天津霽虹似昨聽鵑聲度月春又寥寞散豔魄飛入江南轉湖渺山茫夢境難托萬疊花愁正困倚鈎欄斜角待攜尊醉歌醉舞勸花自落

永遇樂 綠陰

清逼池亭潤浸山閣雲氣凝聚未有蟬前已無蝶後花事隨逝水西園支徑今朝重到半礙醉筇吟袂除非是鶯身瘦小暗中引雛穿去　梅簷溜滴風來吹斷放得斜暉一縷玉子敲枰香綃落剪聲度深幾許層層離恨淒迷如此點破謾煩輕絮應難認爭春舊館倚紅杏處

花心動 南塘元夕

春入南塘粉梅花盈盈倚風微笑虹暈貫簾星毬攢巷

徧地寶光交照湧金門外樓臺影參差浸西湖波渺暮
天遠芙蓉萬朶是誰移到　鬒鬟雙仙未老陪玳席佳
賓暎香雲繞翠簾叩氷銀管噓霜瑞露滿鍾頻釂醉歸
深院重歌舞瑀盤轉珍珠紅小鳳洲柳絲絲淡煙弄曉

金盞子　秋思

練月縈牕夢乍醒黃花翠竹庭館心字夜香消人孤另
雙鸂被他羞看擬待告訴天公減秋聲一半無情雁正
用恁時飛來呌雲尋伴　猶記杏攏暎銀燭下纖影卻

佩鸞春渦暈紅豆小鶯衣嫩珠痕淡印芳汗自從信誤青驪想籠鸎停喚風刀快剪畫簷梧桐怎剪愁斷

喜遷鶯　暮春

遊絲纖弱漫著意絆春春難憑託水暎成紋雲晴生影芳草漸侵裙幄露添牡丹新豔風擺秋千閒索對此景動高歌一曲何妨行樂　行樂君聽取鸎囀綠牕也似来相約粉壁題詩香街走馬爭奈鬢絲輸却夢回晝長無事聊倚闌干斜角翠深處看悠悠幾點楊花飛落

又改前詞

游絲纖弱漫著意絆春春難憑託水暖成紋雲晴生影雙燕又窺簾幙露添牡丹新豔風擺秋千閒索對此景動高歌一曲何妨行樂 行樂春正好無奈綠揔孤負敲碁約錦幄調笙銀瓶索酒爭奈也曾迷著自從髮凋心倦長倚釣闌斜角翠深處看悠悠幾點楊花飛落

晝錦堂荷花

染柳煙消敲菰雨斷歷歷猶寄斜陽掩冉玉妃芳袂擁

出霧場倩他鴛鴦來寄語駐君舴艋亦何妨漁榔靜獨奏櫂歌邀妃試酌清觴　湖上雲漸暝秋浩蕩鮮風支盡蟬糧贈我非環非佩萬斛生香半蝸茆屋歸吹影數螺苔石壓波光鴛鴦笑何似且留雙攕翠隱紅藏

水龍吟 倣稼軒體招落梅魂

醉兮瓊瀣浮觴些〻招兮遣巫陽些〻君毋去此颶風將起天微黄些〻野馬塵埃汙君楚楚白霓裳些〻駕空兮雲浪茫洋東下流君往他方些〻　月滿兮西廂些〻叫雲兮笛

淒涼些歸來兮為我重倚蛟背寒鱗蒼些俯視春紅浩然一笑吐出香些翠禽兮弄曉招君未至我心傷些

瑞鶴仙 紅葉

縞霜飛霽雪漸翠設涼痕猩浮寒血山牕夢淒切短吟笳猶倚鷺邊新檝花魂未歇似追惜芳消豔滅挽西風再入柔柯誤染紺雲成纈 休說深題錦翰淺泛瓊漪暗春曾泄情條萬結依然是未愁絕最憐他南苑空堦堆遍人隔仙蓬怨別鎖芙蓉小殿秋深碎蛩訴月

又 鄉城見月

紺煙迷雁迹漸填鼓零鐘街喧初息風檠背寒壁放氷蜍飛到絲絲簾隙瓊魂暗泣念鄉關霜蕪似織漫將身化鶴來歸忘却舊遊端的　懽極蓬壺渠浸花院梨溶醉連春夕柯雲罷奕櫻桃在夢難覓勸清光乍可幽窻相伴休照紅樓夜笛怕人間換譜伊涼素娥未識

又 壽東軒立冬前一日

玉霜生穗也渺洲雲翠痕雁繩低也層簾四垂也錦堂

寒早近開爐時也香風遞也是東籬花深處也料此花
伴我仙翁未肯放秋歸也　嬉也繒波穩舫鏡月危樓
𨡎瓊酡也籠鸎鵞睡也紅粧旋舞衣也待紗燈客散紗牕
日上便是嚴凝序也換青氊小帳圍春又還醉也

又　買妾名雪香

素肌元是雪向雪裏帶香更添奇絶梅花太孤潔問梨
花何似風標難説長洲漾楫料鴛邊嬌蓉乍折對珠籠
自剪涼衣愛把淡羅輕疊　清徹螺心翠靨龍吻瓊涎

總成虛設微微醉纈腮燈暈弄明滅算銀臺高處芳菲仙佩步偏纖雲萬葉覺来時人在紅幬半廊界月

木蘭花慢 氷

傍池闌倚偏問山影是誰偷但鷺斂瓊絲鴛藏繡羽礙浴妨浮寒流暗衝片響似犀椎帶月静敲秋因念凉荷院宇粉丸曾泛金甌　妝樓曉澀翠罌油倦鬢理還休更有何意緒憐他半夜缾破梅愁紅裯淚乾萬點待穿来寄與薄情收只恐東風未轉悞人目望歸舟

又 再賦前題

渺琉璃萬頃冷光射夕陽洲見敗柳漂枝殘蘆泛葉欲去仍留羅幬少年夢裏正窺簾月浸素肌柔誰念衰翁自老斷髭凍得成虬 凝眸一望絶飛鷗宇宙正清幽漫細敲紫硯輕呵翠管吟思難抽颼颼晚風又起但時聽碎玉落簷頭多少梅花片腦醉來誤整香篝

珍珠簾 壽岳君選

書樓四面筠簾捲微薰起翠弄懸纖絲軟樓上讀書仙

對寶狻霏轉繡館釵行雲度影灩壽觥盈盈爭勸爭勸奈芸邊事切花中情淺　金奏未響昏蜩早傳言放却舞衫歌扇柳雨一窗涼再展開湘卷萬顆渠心瓊珠輥細滴與銀朱小硯深院待月滿廊腰玉笙又遠

高陽臺　芙蓉

霞鑠簾珠雲蒸篆玉環樓婉婉飛鈴天上王郎飈輪此地曾停秋香不斷臺隍遠溢萬蕤錦豔鮮明事成塵鸞鳳簫中空度歌聲餐臞翁一點清寒性慣　英菊嶼飲

露蘭汀透屋高紅新營小㨾花城霜濃月淡三更夢夢曼仙来倚吟屏共襟期不是瓊姬不是芳卿

又 送翠英

燕捲晴絲蜂黏落絮天教綰住閒愁閒裏清明匆匆粉澀紅羞燈摇縹暈茸牕冷語未闌娥影分收好傷情春也難留人也難留 芳塵滿目總悠悠問縈縈珮響還繞誰樓别酒纔斟從前心事都休飛鷺縱有風吹轉奈舊家苑已成秋莫思量楊柳灣西且櫂吟舟

又 鬧元宵

撟尾星沈街心塵斂天公還把春饒桂月黄昏金絲柳換星揺相逢小曲方嫌冷便暵薰珠絡香飄却憐他隔歲芳期枉費囊綃 人情終似蛾兒舞到頻翻宿粉怎比初描認得游蹤花驄不住嘶驕梅梢一寸残紅炬喜尚堪移照櫻桃醉醺醺不記元宵只道花朝

春夏兩相期 壽謝令人

聽深深謝家庭館東風對語雙燕似説朝来天上婺星

光現金裁花結紫泥香繡裹藤輿紅茵軟散蠟宮輝行鱗厨品至今人羨　西湖萬柳如線料月仙到此小停飈輦付與長年教見海心波淺縈雲玉佩五侯門洗雲華洞三春苑漫拍調鷺急鼓催鸞翠陰生院

念奴嬌　壽薛稼堂

稼翁居士有幾多抱負幾多聲價玉立繡衣霄漢表曾覽八州風化進退行藏此時正要一著高天下黄埃撲面不成也控羸馬　人道雲出無心纔離山後豈是無

心者自古達官酣富貴往往遭人描畫只有青門種瓜閒客千載傳佳話稼翁一笑吾今亦愛吾稼

絳都春 春愁

春愁怎畫正鸎背帶綠酴醿花謝細雨院深淡月廊斜重簾挂歸時記約燒燈夜早拆盡秋千紅架縱然歸近風光又是翠陰初夏　婭姹嚬青泫白恨玉珮罷舞芳塵凝榭幾擬倩人付與蘭香秋羅帕知他墮策斜攏馬在底處垂楊樓下無言暗擁嬌鬟鳳釵溜也

聲聲慢 秋聲

黄花深巷紅葉低牕淒涼一片秋聲豆雨聲来中間夾帶風聲疎疎二十五點麗譙門不鎖更聲故人遠問誰搖玉珮簷底鈴聲　彩角聲吹月墮漸連營馬動四起笳聲閃爍鄰燈燈前尚有砧聲知他訴愁到曉碎噥噥多少蛩聲訴未了把一半分與雁聲

尾犯 寒夜

夜倚讀書牀敲碎唾壺燈暈明滅多事西風把齋鈴頻

擊人共語温温芋火雁孤飛蕭蕭檢雪徧闌干外萬頃魚天未了予愁絶　雞邊長劒舞念不到此樣豪傑瘦骨稜稜但凄其衾鐵是非夢無痕堪記似雙瞳繽紛翠䌫浩然心在我逢著梅花便説

滿江紅

一掬鄉心付杳杳露莎煙葦来相伴凄然客影謝他窮鬼新緑舊紅春又老少玄老白人生幾況無情世故盪摩中凋英偉　詞場筆行羣蟻戰場冑藏羣蟻問如何

清晝倚籐凭棐流水青山屋上下朿書壺酒船頭尾任垂涎斗大印黄金狂周顗

又 秋旅

秋本無愁奈客裏秋偏岑寂身老大㰖敲秦缶孏移陶甓萬誤曾因疎處起一閒且向貧中覔笑新来多事是征鴻聲嘹嚦 雙户掩孤燈剔書朿架劍懸壁笑人間無此小牕幽闃浪遠微聽葭葉響雨殘細數梧梢滴正依稀夢到故人家誰横笛

採芳信 菊

翠吟哨似有人黃裳孤竚埃表漸老侵芳歲識君恨不早料應陶令吟魂在凝此秋香妙傲霜姿尚想前身倚牕餘傲 回首醉年少控駿馬蓉邊紅䩞茸帽淡泊東籬有誰肯夢飛到正襟三誦悠然句聊遣花微笑酒休賖醒眼看花正好

梅花引 荊溪阻雪 或作江城梅花引

白鷗問我泊孤舟是身留是心留心若留時何事鎖眉

頭風拍小簾燈暈舞對閒影冷清清憶舊遊　憶舊遊
舊遊今在否花外樓柳下舟夢也夢也夢不到寒水空
流漠漠黄雲溼透木綿裘都道無人愁似我今夜雪有
梅花似我愁

洞仙歌 對雨思友

世間何處最難忘盃酒唯是停雲想親友此時無一盞
千種離愁西風外長伴枯荷衰柳　去年深夜語傾倒
書窗燭心頻剔小紅豆記得到門時候雨正瀟瀟嗟今雨此

情非舊待與子相期采黃花又未卜重陽果能晴否

又 柳

枝枝葉葉受東風調弄便是鶯穿也微動自鵞黃千縷數到飛綿閒無事誰管將春迎送　輕柔心性枉教得遊人酒舞花吟恣狂縱更誰家鸞鏡裏貪學纖蛾移來傍粧樓新種總不道江頭鎖清愁正雨渺煙茫翠隂如夢

最高樓 催春

新春景明媚在何時宜早不宜遲軟塵巷陌青油幰重簾深院畫羅衣要些兒晴日照風吹枝　一片片雪兒休要下一點點雨兒休要灑纔恁地越恁期悠悠不趂梅花到匆匆柱帶柳花飛倩黃鶯將我話報春歸

祝英臺　次韻

柳邊樓花下館低捲繡簾半簾外天絲擾擾似情亂知他蛾綠纖眉鵝黃小袖在何處閒遊閒玩　最堪歎箏面一寸塵深玉柱網斜雁譜字紅鸞蔦剪燭記同看

幾回傳語東風將愁吹去怎奈向東風不管

風入松 戲人去妾

東風方到舊桃枝仙夢已雲迷畫闌紅子樗蒲處依然是春晝簾垂恨殺河東獅子驚回海底鷗兒 尋芳少步莫嫌遲此去却慵移斷腸不在分襟後元來在襟未分時柳岸猶攜素手蘭房早掩朱扉

解珮令 春

春晴也好春陰也好著些兒春雨越好春雨如絲繡出

花枝紅裊怎禁他孟婆合皁　梅花風小杏花風小海棠風驀地寒峭歲歲春光被二十四風吹老楝花風爾且慢到

一剪梅 宿龍游朱氏樓

小巧樓臺眼界寬朝捲簾看莫捲簾看故鄉一望一心酸雲又迷漫水又迷漫　天不教人客夢安昨夜春寒今夜春寒梨花月底兩眉攢敲遍闌干拍遍闌干

又 舟過吳江

一片春愁待酒澆江上舟搖樓上帘招秋娘度與泰娘嬌風又飄飄雨又蕭蕭　何日歸家洗客袍銀字笙調心字香燒流光容易把人拋紅了櫻桃綠了芭蕉

唐多令　壽東軒

秋碧瀉晴灣樓臺雲影閒記仙家元在蓬山飛到雁峯壓更少三萬頃玉無邊　金醆倒垂蓮歌揎香霧鬟任芙蓉月轉朱闌天氣已涼猶未冷重九後小春前

柳梢青　有談舊娼潘氏

小飲微吟殘燈斷雨靜戶幽窗幾度花開幾番花謝又到昏黄潘娘不是潘郎料應也霜黏鬢傍鸚鵡闌空鴛鴦壺破煙渺雲茫

阮郎歸 客中思馬跡山

雪飛燈背雁聲低寒生紅被池小屏風畔立多時閒看番馬兒　新搵淚舊題詩一般羅帶垂瓊簫夜夜挾愁吹梅花知不知

金蕉葉 秋夜不寐

雲褰翠幙滿天星碎珠迸索孤蟾闌外照我看看過轉
角　酒醒寒砧正作待眠來夢魂怕惡枕屏那更畫了
平沙斷雁落

小重山

晴浦溶溶明斷霞樓臺搖影處是誰家銀紅裙襉皺宮
紗風前坐閒鬬鬱金芽　人散樹啼鴉粉糰黏不住舊
繁華雙龍尾上月痕斜而今照冷淡白菱花

又

曾伴芳卿鏘珮環西風吹夢斷墮人寰假饒無分入雕闌窺妝鏡也令小溪灣　此地有誰憐斜陽半卧處牧童攀勸花休苦恨天天從來道薄命是朱顏

白苧

正春晴又春冷雲低欲落瓊苞未剖早是東風作惡旋安排一雙銀蒜鎮羅幙幽壑水生猗皺嫩綠潛鱗初躍惜惜門巷桃樹紅纔約略知甚時霽華烘破青萼憶昨引蝶花邊近來重見身學垂楊瘦削問小翠眉山

為誰攢却斜陽宇任蛛絲罥徧玉笋絃索戸外惟聞放剪刀聲深在粧閣料想裁縫白苧春衫薄

蝶戀花

我愛荷花荷最軟錦襆雲挨朶朶嬌如顫一陣微風來自遠紅低欲醮涼波淺　莫是羊家張靜婉抱月飄煙舞得腰肢倦偷把翠羅香被展無眠却又頻翻轉

虞美人 梳樓

絲絲楊柳絲絲雨春在溟濛處樓兒忒小不藏愁幾度

和雲飛去覓歸舟　天憐客子鄉關遠借與花消遣海棠紅近緑闌干纔卷朱簾却又晚風寒

又 聽雨

少年聽雨歌樓上紅燭昏羅帳壯年聽雨客舟中江闊雲低斷雁叫西風　而今聽雨僧廬下鬢已星星也悲歡離合總無情一任階前點滴到天明

南鄉子

泊雁水汀洲冷淡湔裙水漫秋裙上唾花無覓處重游

隔柳惟存月半鈎　準擬架層樓望得伊家見始休還怕粉雲天末起悠悠化作相思一片愁

又　塘門元宵

翠幰夜游車不到山邊與水涯隨分紙燈三四盞鄰家便做元宵好景誇　誰解倚梅花思想燈毬墜絳紗舊說夢華猶未了堪嗟纔百餘年又夢華

步蟾宫　木犀或刻玉樓春

緑華剪碎嬌雲瘦騰粧點菊前蓉後涓涓月也染成香

又何況纖羅襟袖　秋窗一夜西風驟翠奩鎖瓊珠花鏤人間富貴總腥羶且和露擘花三嗅

又春景

玉窗掣鎖香雲漲喚綠袖低敲方響流蘇拂處字微訛但斜倚紅梅一餉濛濛月在簾衣上做池館春陰模樣春陰也好不如晴這催雪曲兒休唱

玉樓春 桃花灣馬跡

秦人占得桃源地說道花深堪避世桃花灣內豈無花

吕政馬來攔不住　明朝與子穿將去去看霜蹄㼝石處茫茫秦事是耶非萬一問花花解語

戀繡衾

蒨金小袖花下行過橋亭倚樹聽鶯被柳線低縈鬢紺雲垂釵鳳半橫　紅薇影轉晴窗晝樣蘭心未到繡䌸奈一點春恨在青娥鸞處又生

浪淘沙 夜景

入愛曉粧鮮我愛粧殘翠釵扶住欲欹鬟印了夜香無

事也月上涼天　新譜學箏難愁湧蛾灣一牀衾浪未
紅翻聽得人催佯不采去洗珠鈿

又重九

明露浴踈桐秋滿簾櫳揜琴無語意忡忡掐破東窗窺
皓月早上芙蓉　前事渺茫中煙水孤鴻一尊重九又
成空不解吹愁吹帽落恨殺西風

燕歸梁風蓮

我夢唐宫春晝遲正舞到曳裾時翠雲隊仗絳霞衣慢

騰騰手雙垂　忽然擊鼓催將起似綵鳳亂鸞飛夢回
不見萬瓊妃見荷花被風吹

步蟾宫 中秋

去年雲掩氷輪皎喜今歲微陰俱掃乾坤一片玉琉璃
怎算得清光多少　無歌無酒癡頑老對愁影番嫌分
曉天公元不負中秋我自把中秋誤了

南鄉子 黄葵

冷淡是秋花更比秋花冷淡些到處芙蓉供醉賞從他

自有幽人處士誇　寂寞兩三葩晝日無風也帶斜一片西窗殘照裏誰家捲却湘裙薄薄紗

行香子 舟宿蘭灣

紅了櫻桃綠了芭蕉送春歸客尚蓬飄昨宵穀水今夜蘭臯奈何雲溶溶風淡淡雨瀟瀟　銀字笙調心字香燒料芳踪怎整還凋待將春恨都付春潮過窈娘堤秋娘渡泰娘橋

粉蝶兒 殘春

啼鴂聲中春光化成春夢問東君仗誰時送燕憐晴鶯愛暖一窗芳哄奈匆匆催他柳綿狂縱　輕羅小扇桐花又飛么鳳記塞吟沁梅霜凍古今人易老莫閒雙鞚尚堪遊茶蘼粉雲香洞

翠羽吟

紺露濃映素空樓觀峭玲瓏粉凍霽英冷光搖蕩古青松半規黄昏淡月梅氣山影溟濛有麗人步依修竹瀟然態若游龍　綃袂微皺水溶溶仙莖清瀣淨洗斜紅

勸我浮香桂酒環珮暗解聲飛芳靄中美春弱柳垂絲慢按翠舞嬌童醉不知何處驚翦剪淒緊霜風夢醒尋痕訪蹤但留殘挂穹梅未老翠羽雙吟一片曉峯

賀新郎 鄉士以狂得罪賦此餞行

甚矣君狂矣想胸中些兒磊磈酒澆不去據我看來何所似一似韓家五鬼又一似楊家風子怪鳥啾啾鳴未了被天公捉在樊籠裏這一錯鐵難鑄 濯溪雨漲荆溪水送君歸軟蛟橋外水光清處世上恨無樓百尺裝

著許多俊氣做弄得棲棲如此臨别贈言朋友事有殷懃六字君聽取節飲食慎言語

又 贈彈琵琶者

妾有琵琶譜抱金槽慢撚輕拋柳梢鶯栢羽調六幺彈遍了花底靈犀暗度奈敲斷玉釵纖股低畫屏深朱户掩轉西風滿地吹塵土芳事往蝶空許 天天把妾芳心誤小樓東隱約誰家鳳簫鼉鼓淚點染衫雙袖翠修竹淒其又莫背燈影蕭條情互捐佩洲前裙步步渺無

邊一片相思苦春去也亂紅舞

又 題後院畫像

緑墮雲垂領背琵琶盈盈畏手粉間紅靚依約春游歸來倦又似春眠未醒灔寒泚低迷蓉影鶯帶鬆聲飛過也柳窗深尚記停針聽䰟浩蕩孤芳景 金釵斷股瓶沉井問蘇城香銷卷子倩誰題詠燈暈青紅殘醉在小院屛昏帳暝誤嗔怪眉心慵整人道真真招得下任千呼萬喚無言應空對此淚花冷

摸魚子 壽東軒

軃吟鞭雁峰高處曾游長壽仙府年年長見瑤簪會霞杪蓋芝輕度開繡戸芙蓉萬朶香紅賸染秋光素清蕭麗任瀛玉盃深鸞酣鳳醉猶未洞天暮　塵緣誤迷却桃源舊步飛瓊芳夢同賦朝來聞道仙童晏翹首翠房元圃雲又霧身恍到微茫認得胎禽舞遥汀近浦便一葦漁航撑煙載雨歸去伴寒鷺

沁園春 壽岳君舉

昔裴晉公生甲辰歲秉唐相鈞向東都治第纔娱老眼
北門建節又絆閒身燠館花濃凉臺月淡不記弓刀千
騎塵誰堪羡羡南塘居士做散仙人　南塘水向晴雲
三百樹鳳洲楊柳春有緑衣奏曲金魚小雁綵衣勸酒
玉巵雙麟前後同年逸勞異趣中立番成雖甲辰斯言
也是梅花説與竹里山民

喜遷鶯 金村阻風

風濤如此被閒鷗誚我君行良苦櫥葉深灣蘆寒窄港

小憩倦篙慵櫓壯年夜吹笛去驚得魚龍嘷舞悵今老
但篷窗緊掩荒涼愁懷　別浦雲斷處低雁一繩攔斷
家山路佩玉無詩飛霞乏序滿席快颭誰付醉中幾番
重九合度芳尊孤負便晴否怕明朝蝶吟黃花秋圃

又 青晴

晴天寥廓被孤雲畫出離愁消索玉局彈棊金釵剪燭
芳思可勝搖落鏡妝為慵遲晚笙曲緣愁差錯倒纖指
秖從頭細數年昔同樂　寂寞花院悄昨夜醉眠夢也

難憑託車角生耑馬足方後才始斷伊漂泊悶無半文
消遣春又一番擔閣倚闌久柰東風忒冷紅綃單薄

齊天樂 元夜閱夢華録

銀蟾飛到觚稜外娟娟下窺龍尾電青鞘輕雲紅篋曲
雕玉輿穿燈底峰繒岫綺沸一簇人聲道隨竿媚侍女
迎鑾燕嬌鶯詫炷珠翠 華胥仙夢未了被天公須洞
吹換塵世淡柳湖山濃花巷陌誰説錢唐而已回頭汴
水望當日辰遊萬里燈處但有寒蕪夜深青燐起

念奴嬌 夢有奏方響而舞者

夜深清夢到樷華深處滿襟氷雪人在瑤雲方響樂杳杳衡牙清絶翠簨翔龍金樅躍鳳不是甤賓鐵凄鏘仙調風敲珠樹新折 中有五色光開參差披影對舞山香徹霧閣雲窗歸去也笑擁靈君旌節六曲闌干一聲鸚鵡霍地花空滅夢回孤館秋茄霜孤嗚咽

應天長 次清真韻

柳湖載酒梅墅賒碁東風袖裏寒色轉翠籠池閣含櫻

鷰鶯食匃匃過春是客弄細雨晝陰生寂似瓊花滴下紅裳再返仙籍　無限倚闌愁夢斷雲簫鵾呌度青壁漫有戲龍盤盈盈住花宅驕驄馬嘶巷陌户半掩墮鞭無迹但追想白苧裁縫燈下初識

賀新郎 隱括松詩

絶代幽人獨掩芳姿深居何處亂雲深谷自説關中良家子零落聊依草木世喪敗誰收骨肉輕薄兒郎為夫婿愛新人窕窈顔如玉千萬事風前燭　鴛鴦一旦成

孤宿最堪憐新人歡笑舊人哀哭侍婢賣珠回來後相與牽蘿補屋謾采得栢枝盈掬日暮山中天寒也翠綃衣薄甚肌生粟空歛袖倚脩竹

玉漏遲 壽東軒

客窗空翠杪前生飲慣長生瓊醥回首紅塵換了坐花憾草隔水神仙洞府但只有飛霞能到誰信道西風送我還陪清嘯　縹緲柳側霎樓正繡幙圍春露深煙悄魚尾傍砦雪上鬓雲猶少醉傍芙蓉目語願來此年年

簪帽青嶼小鶴立淡煙秋曉

又

傅巖隱木如武林納浴室徐氏女子于容樓其歸也亦貯之所居樓上而圖西湖景于樓壁

翠鴛雙穗冷鶯聲喚轉春風芳景花湧袖香此度徐妝偏稱水月仙人院宇到處有西湖如鏡煙岫暝纖蔥誤指蓮峯篁嶺　料想小閣初逢正浪拍紅猊袖飛金餅樓倚斜暉暗把佳期重省萬種惺鬆笑語一點溫柔情性釵倦整盈盈背燈嬌影

高陽臺 江陰道中有懷

宛轉憐香徘徊顧影臨芳更倚苔身多謝殘英飛來遠
遠隨人回顧却望晴簷下等幾番小摘微薰到而今獨
裊鞭梢笑不成　春愁吟未了煙林曉有垂楊夾路也
為輕顰今夜山窗還是費繞梨雲行囊不是吳牋少問
情誰去寫花真待歸時葉底紅肥細雨如塵

採春令　春怨

玉窗蠅字記春寒滿茸絲紅處畫翠鴛雙展金蜩翅未
抵我愁紅膩　芳心一點天涯去絮濛濛遮住對花彈

阮纖瓊指為粉靨空彈淚

秋夜雨 秋雨

黄雲水驛秋笳噎吹人雙鬢如雪愁多無柰處謾碎把
寒花輕撚紅雲轉入香心裡夜漸深人語初歇此際
愁更別雁落影西窗殘月

又 春蔣正夫令作春夏冬各一闋次前韻

金衣露濕鶯喉噎春情不解分雪寶箏絃斷盡但萬縷
閒愁難撚長紅小白誰亭館過禁煙彈指芳歇令夜

休要别且醉宿緗桃花月

又夏

鬆車轉急風吹噎冰絲鬆藕新雪有人凉滿袖怕汗濕紅綃猶攏　三更夢斷敲荷雨細聽來疎點還歇茉莉標致别占斷了紗厨香月

又冬

紅麟不暎餅笙噎爐灰一片晴雪醉無香嗅醒但手把新燈閒攏　更深凍損梅花也聽畫堂簫鼓方歇想是

天氣別豫借與春風三月

少年遊 春思

梨邊風際雪難晴千點照溪明吹絮窗低唾絨窗小人隔翠陰行 而今白鳥橫飛處煙樹渺鄉城兩袖春寒一襟春恨斜日淡無情

又 秋思

楓林紅透晚煙青客思滿鷗汀二十年來無家種竹猶借竹為名 春風未了秋風到老去萬緣輕只把平生

閒吟閒詠譜作櫂歌聲

柳梢青 游女或刻蔣捷

學唱新腔秋千架上釵股敲雙柳雨花風翠鬆裙褶紅膩鞵幫歸來門掩銀釭淡月裏疎鐘漸撞嬌欲人扶醉嫌人問斜倚樓窗

霜天曉角 折花

人影窗紗是誰來折花折則從他折去知折去向誰家簷牙枝最佳折時高折些說與折花人道須插向鬢

邊斜

如夢令 村景

夜月谿篁鸞影曉露巖花鶴頂半世踏紅塵到底輸他村景村景村景樵斧畊蓑漁艇

竹山詞

竹齋詩餘

黃機

欽定四庫全書　　集部十

竹齋詩餘　　詞曲類　詞集之屬

提要

臣等謹案竹齋詩餘一卷宋黄機撰機字幾仲一云字幾叔東陽人其事迹無可考見據詞中所註有時欲之官永興語蓋亦嘗出仕者但不知為何官耳其遊蹤則多在吳楚之間而與岳總幹以長調唱酬為尤夥總幹者

欽定四庫全書

岳飛之孫珂時為淮東總領兼制置使岳氏為忠義之門故機所贈詞亦皆沉鬱蒼涼不復作草媚花香之語其乳燕飛第二闋乃次徐斯遠寄辛棄疾韻者棄疾亦有和詞世所傳本賦守凡複用兩韻今考機詞知前闋所用乃付守足證流俗刊刻之誤又新詞調名賀新郎此則名乳燕飛者以蘇軾此調中有乳燕飛金屋句後人因改名實一調也卷末

毛晉跋惜草堂詩餘不載其一字案草堂詩餘乃南宋坊賈所編漫無鑒别徒以其古而存之故朱彝尊謂草堂選詞可謂無目其去其取又何足為機重輕歟乾隆四十九年五月恭校上

總纂官臣紀昀臣陸錫熊臣孫士毅

總校官臣陸費墀

欽定四庫全書

竹齋詩餘
提要

欽定四庫全書

竹齋詩餘

宋 黄機 撰

沁園春 奉柬章史君再遊西園

問訊西園一春幾何君今再遊記流觴亭北偷拈酒戲凌雲臺上暗度詩䦨略略花痕差差柳意十日不來紅緑稠須重醉便功名了後白髮爭休 定誰騎鶴揚州任書攲牀頭醆瓮頭況殷勤鶯燕能歌更舞輕狂蜂蝶

欲去還留歲月易忘姓名須載筆勢翩翩回萬牛歸來
晚有燭明金剪香煥珠篝

又　壽

六月云初人爭議公公無阻傷記傳飛急羽舟輸海道
瀰漫白水路入沙場萬姓三軍倚公為命法有逗遛公
自當君還信似崔嵬砥柱屹立瞿塘　此行陰德難量
到論定纔知滋味長看魚肥蟹健妻孥共樂酒濃稻熟
翁媪相將何以報公祝公千歲多少人家燒夜香凌煙

上叟聲名凜凜冠劒堂堂

又壽

問訊梅梢小春近也花應漸開記華堂此日紅牙絲竹歡聲昨夜翠玉樽罍霧節童童金觜曳曳人自閬風玄圃來嬉遊處任滄波變陸刼火成灰　行天看取龍媒笑衛霍當年如此哉有筆頭文字何妨揮灑胸中兵甲解洗氛埃見說君王防秋才子便著芝泥封詔催功名事付孱顏燕石突兀雲臺

又 次岳總幹韻

日過西窗客枕夢回庭空放衙記海棠洞裏泥金寶斝酴醾架下油壁錮車醉墨題詩薔薇露重滿壁飛鴉行整斜爭知道向如今漂泊望斷天涯　小桃一半蒸霞更兩岸垂楊渾未花便解貂貰酒消磨春恨量珠買笑酬答年華對面青山招之不至說與浮雲休苦遮山深處見炊煙又起知有人家

又 廖總幹席上

暑氣清微梅肥漸紅麥鬚未黃恨牡丹多病醫治費巧

酴醾易老點綴無方客裏光陰愁中意緒想美人兮山

水長銷凝處有龍絲墜簡來與持觴　華堂賸貯春光

粲一行珠璣時樣妝更燕輕留態詞翻古調鸎嬌欲囀

曲度新腔玉漏聲沉銀潢影瀉殢酒猶燒心字香歸來

也判明虬永日瑞錦鴛鴦

又　為潘柳州壽

問訊仙翁因勤為底來萬山中想橘邊丹井鶴尋舊約

松間碧洞鹿養新茸霧節亭亭星旓曳曳導以浮丘雙玉童嬉遊處盡祥煙瑞雨霽月光風　歡聲已與天通更日夜郴江流向東定催歸有詔泥香芝檢留行無計路熟花驄入侍嚴凝密陪清燕魚水歡然相會逢年年裏對春如酒好酒似春濃

又　送徐孟堅秩滿還朝

人物眇然落落曉星如君幾何有飄揺長袖工持月斧寂寥遺韻妙鼓雲和政事文章特其餘事英氣横空時

浩歌還堪笑似龍文古鼎誰復摩挲　青絲繫馬庭柯
為小駐酬君金巨羅説一時偉望齊高岳麓二年遺愛
拍滿湘波世事多端細憑商畧痛飲不須言語多從今
去好經從烏府躡上鑾坡

又送趙運使之江西

有美一人昔在何居今方見之儼瓊瓔翠弁氣清芬只
珠幢絳節光陸離兮吾道非耶世情復爾天驥昂藏不
受羈還知否定曲高寡和才大難施　行吟湘水之湄

欽定四庫全書

看雲卷雲舒無定姿想粲然長笑物皆有用時哉易失
我亦奚為袖手旁觀何如小試欲脫囊中失利錐君休
歎正梅花將發塵滿征衣

八聲甘州 為遯齋壽

問仙翁底事到人間人間足嬉遊向文邊著意詩邊著
語名滿南州逸韻高情總似野水蕩孤舟所未能忘者
藥鼎茶甌 政恐功名相混便扶摇直上龍尾螭頭想
塵緣終薄歸去老菟裘有當年東鄰西舍辦雞豚相與

燕春秋階庭裏兒孫袞袞飛度驊騮

乳燕飛 次岳總幹韻

擊碎珊瑚樹為留春怕春欲去駛如風雨春不留兮君休問付與流鸎自語但莫賦緑波南浦世上功名花梢露政何如一笑翻金縷繫白日莫教暮　蒼頭引馬城西路趂池亭荻芽尚短梅心未苦小雨欲晴晴不定漠漠雲飛輕絮算行樂春來幾度鞭影不揺鞍小據過横塘試把前山數雙白鷺忽飛去

又 次徐斯遠韻寄稼軒

興廢元同宇喚君來浮君大白為君起舞酒滿斑斑功名淚百歲風吹急雨愁與恨憑誰分付醉裏狂歌空漫觸且休歌只倩琵琶訴人不語絃自語　詩成更倩君同賦渺樓頭煙迷碧草雲連芳樹草樹郫能知人意悵望闗河夢阻有心事戕天天許繡帽輕裘真男子政何須紙上分今古未辨得賦歸去

又

秋意今如許怪征鞍底事匆匆翩然難駐斗帳屏圍山六曲怕見瑣窗欲暮倩誰伴梧桐疎雨路入衡陽天一角更山環水繞無重數容易别更難阻　悲秋鑱信相思苦省疎狂迷歌殢酒把人輕誤問取歸期何日是指點庭前幽樹定冷蕋疎花將吐此去西風吹雁過最關心别後平安否聊慰我至誠處

摸魚兒

惜春歸送春惟有亂紅撲簌如雨亂紅也怨春狼藉揾

得淚痕無數腸斷處更喚起羣鴉催發長亭路征鞍難
駐但脈脈含顰嗔人底事剛愛逐春去　闌干凭芳草
斜陽凝竚愁連滿眼煙樹鬟鬆不理金釵溜鸞鏡一奩
香霧花誰主悵玉容寂莫試問春知否單衣嬾御任門
外東風流鶯聲裏盡日攪飛絮

水龍吟

晴江衮衮東流為誰流得新愁去新愁都在長亭望際
扁舟行處歌罷翻香夢回呵酒別來無據恨荼蘼吹盡

櫻桃過了便只恁成孤負　須信情鍾易感數良辰佳期應誤才高自嘆綵雲空詠凌波謾賦團扇塵生吟牋淚漬一觴慵舉但丁寧雙燕明年還解寄平安否

喜遷鶯 香風亭上

平湖百畝種滿湖蓮葉遶堤楊柳冉冉波光輝輝煙影空翠溼雲襟袖靜愜鄰雞啼午燠逼沙鷗眠晝西園路更紅塵不斷蝶酣蜂瘦　知否堪畫處野薺蕪菁冪地鋪茵繡桃李陰邊桑麻藂裏斜矗酒帘誇酒竹寺小依

山趾茅店平窺津口春又晚正香風有客倚闌搔首

木蘭花慢 次岳總幹韻

歎鏡中白髪元不向酒邊裁奈詩習未除客愁易感賸要安排浮名任他有命怕青山頗怪不歸來出屋長松招鶴繞渠流水行盃　浪驅羸馬踏江淮幽夢苦相催甚狹路嶔崎雄心突兀誰忍徘徊此事正煩公等笑曹劉只合作輿臺我自人間屈曲青雲有眼休回

又 壽

政烽烟滿野問誰與作堅城有老子行年平頭六十無限聲名向來試陳大畧便羣兒喁㖦耳邊鳴爭識規模先定破羌終屬營平　吾心惟有忠誠羞媚嫵做逢迎謂干戈鋒鏑動關民命此不宜輕聽渠自分勇怯奈何他天理若持衡只把從前不殺也應換得長生

又 次岳總幹韻

問功名何處算只合付悠悠怕僮僕揶揄長年為客楚尾吳頭春來故園漸好似不應不醉把春休賸買蔞蒿

荻笋河豚已上漁舟　人間大半只閒愁蓑笠夢汀洲

向桃杏花邊招邀同社秉燭來遊連臺聽渠拗倒更麯

生元不厭誅求世事翻雲覆雨滿懷何止離憂

又

誕文王孫子自不與世人同況地望既華天資更偉雲

驥行空年少才名蜚動泛星槎曾到廣寒宮桂子香濃

秋月桃花浪煖春風　神仙之說朦朧鉛與汞亦何功

政磐石規模維城事業倚重周宗休要碧油紅旆趣黑

頭時節做三公堂上雙親未老穩看金紫重重

滿江紅

呀鼓聲中又妝點千紅萬緑春試手銀花影粲雪梅香馥歸夢不知家近遠飛帆正掛天西北記年時歌舞綺羅叢憑誰續　煙水迥雲山簇勞悵望傷追琢把蛛絲鵲喜意中占卜月正圓時羞獨照夜偏長處憐孤宿悔從前輕被利名牽征塵撲

又

萬竈貔貅便直欲掃清關洛長淮路夜亭警燧曉營吹
角綠鬢將軍思下馬黃頭奴子驚聞鶴想中原父老已
心知今非昨 狂鯢剪於菟縛單于命春氷薄政人人
自勇翹關橫槊旗幟倚風飛電影戈鋋射月明霜鍔且
莫令榆柳塞門秋悲搖落

又

雲暗山昏西風撼一天悲雨隱君問短牆修竹故園何
處九月江南無雁到素書封了誰傳與待從頭拚却把

心寬還如故　吳姬唱燕姬舞持玉斝温瓊醑悵人生
懽會一年幾許莫上小樓高處望樓前詰曲來時路便
直須疋馬兩蒼頭東歸去

酹江月

春愁幾許似春雲藹藹連空無數隱約眉尖偏易得沒
箇因由分付楊柳煙濃海棠花暗綠漲橋頭路小樓應
是有人和淚凝竚　長記寶鈿妝成鴛鴦繡嬾輕笑歌
金縷香雪精神依舊否風月誰憐虛度帶減衣寬十分

顒顇兩下平分取黄昏可更子規聲碎烟塢

又

東籬成趣有西風解事催開叢菊碎揩黄金誰試手一一清香堪掬露溼涼輕霞凝寒重秀發如新沐宫妝匀就豈知紅紫麤俗　因念昔日淵明徵官不受歸伴花幽獨彈壓秋光三徑裏濁酒牀頭初熟飲劇腸寛醉深吻燥更把綸巾漉此翁無恙喚渠同醉船玉

水調歌頭　為施少儀作

此日足可惜心事正崔嵬江淮踏遍經歲相識定誰來每向酒邊長嘆更向花邊長笑意慮巨能猜邂逅忽相遇有客在塵埃　脱儒冠著武弁太多才筆墨爭似鈎戟容易到雲臺餘子何須轉手便把平生膽勇去莫徘徊事業上金石人世自懽哀

又 次下洞流孟亭作

金篆鏁岩穴玉斧鑿山湫飛泉濺沫無數六月自生秋天矯長松千歲上有冷然天籟清響眇難收亭屋創新

觀客鞅掉還留　推名利付飄瓦寄虛舟蒸羔釀秫酤
氣戢戢蟻花浮喚取能歌能舞乘興攜將高處盃酌薦
崑球徑醉雙闕　白眼視庸流

六州歌頭　岳總幹隱括上吳荊州啟以此腔歌之因次韻

百年忠憤無淚洒江瀆曹劉事埋露草鑠煙榛哭英魂
此恨有誰知者時把劍頻看鏡徒自苦拳破裂眼眵昏
從古時哉去速鄙人子反袂傷麟望家山何在衮衮已
鞶纓欲刻還生猛堪驚　膏肓危病寧有藥鍼乜具獻

無門荆州啟條舊畫漢將軍不能存便合囊封去倉庚地尚兵屯無長算烏用此積如京人世興衰數耳天或者假爾忠言又一番春盡高柳暗如雲夢斷重闉

又 次岳總幹韵

將軍何日去築受降城三萬騎貔貅旅戮鯢鯨洗滄溟試上金山望中原路平於掌百年事心未語淚先傾若纍纍印綬偏安久大義誰明倚危欄欲遍江水亦吞聲目斷蘋汀海門清　停盃與問焉用此守紅朽積如

京波神怒風浩浩勃然興捲龍腥似把渠忠憤伸懇請翠華巡呼壯士挽河漢蕩攙槍長算直須先定如細故休苦縈縈正清愁滿抱鷗鷺却多情飛過郵亭

永遇樂 章使君席上

别院春深華堂晝永嘉讌初啟翠玉樽罍紅牙絲管睡鴨沉煙裏弄晴雲態行空絮影漠漠似飛如墜最多情紫緜團就錯落亂星流地 使君自有元龍豪氣喚客且休辭醉蝶困蜂酣燕嬌鶯姹懽意濃如此佩其笑語

止乎禮義衣佩細紉蘭芷遥歸去殘更欲盡曉鴉又起

傳言玉女 次岳總幹韻

日薄風柔池面欲平還皺紋楸玉子礫礫敲春晝衾繡半捲花氣濃熏香獸小團初試轆轤銀甃　夢斷陽臺甚情懷似病酒鳳奩羞對比年時更瘦雙燕作歸寄與緑牋紅豆郵堪又是牡丹時候

清平樂

西園啼鳥留得春多少客裏情懷無日好愁損連天芳

草博山灰冷香殘微風吹滿銀箋卓午花陰不動一

雙蝴蝶團圞

又 東邢辛

曉窗晴日一點黄金橘萬事如毛隨日出多少人間頭

白未春長恨春遲春來生怕春歸辦取揭天簫鼓莫

教孤負荼蘼

又 為繆推官壽 清容繆之亭名也

煙融雨膩春去三之二了却蘭亭脩禊事判與仙翁一

醉 方壺日月偏長清容花草吹香辦取此身強健功名飽看諸郎

又 壽林守

釵頭蝴蝶趂舞梅邊雪酒瀉黄縢光奪月歲歲年年蕉葉 邊城闘鵪春來沙場馬到秋肥脱却熊韜虎略換渠金甲牙旗

又

風韶煙膩春事三之二説與人生行樂耳富貴古來如

此西園已有心期姚黃魏紫開時纖指金荷瀲灩香
唇銀竹參差

又 江上重九

西風獵獵又是登高節一片情懷無處說秋滿江頭紅
葉誰憐鬢影淒涼新來更點吳霜孤負萸囊菊琖年
年客裏重陽

眼兒媚

粉牆朱閣映垂楊晴綠小池塘東風颭颺單衣初試書

日徧長　髧鬖兩鬢飛雲影鈿合未梳妝闌干側畔閒

抛荔子驚散鴛鴦

又

東風挾雨苦無端側側送輕寒郴堪更向湘灣六六淺

處留船　詩闌酒戲成孤負春事已闌珊離愁都在落

花枝上杜宇聲邊

又

莫嗔日日話思歸歸也却便宜東鄰招茗西鄰喚酒一

笑開眉　人生萬事無緣足待足是何時妻能紡績兒
能畊穫未必寒飢

謁金門

風又雨牆外落紅無數人不歸來春不住佳期還已悮
細細一團愁緒薄倖疎狂何處化作青鸞飛得去問
天天亦許

又

風雨後枝上綠肥紅瘦樂事參差圍不就一春如病酒

樓外燠煙楊柳憶得年時攜手燕子雙雙來未久頗
知人意否

又

愁萬疊春在雨條煙葉翠袖倚風寒霎霎傍闌看乳鴨
何處一聲啼鴂架上荼蘼欲雪繡被熏香香未歇可
憐音信絶

又 壽何令

冬〻十月記取生申時節梅傍小春融絳雪淺寒猶未却

且醉笙歌蕉葉富貴不須頻説國太夫人頭半白看君金印赤

又 秋晚見蕙花為賦

秋向晚秋晚蕙根猶焕碧染羅裙湘水淺羞紅微到臉窣窣繡簾圍遍月薄霜明庭院粧罷寶奩慵不掩無風香自滿

霜天曉角 梅花

玉粲氷寒月痕侵畫欄客裏安愁無地為徙倚到更殘

問花花不言嗅香香欲闌消得个温存處山六曲翠屏間

又 儀真江上夜泊

寒江夜宿長嘯江之曲水底魚龍驚動風捲地浪翻屋詩情吟未足酒興斷還續草草興亡休問功名淚欲盈掬

又 金山吞海亭

長江千里中有英雄淚却笑英雄自古興亡事類如此

浪高風又起歌悲聲未止但願諸公强健吞海上醉而已
又夜舟過戕眉山
江涵落日風轉飛帆急問訊蛾眉好在無一語送行客閒情眠未得倚窗消酒力却怕魚龍驚動且莫要夜吹笛
夜行船京口南園
紅濺羅裙三月二露桃開柳綿又起百尺遊絲罥䍐鷺留

燕判與南園一醉　歷歷斜陽明野水倚危闌暮雲千里説似遊人直須燒燭早晚緑陰青子

長相思 峩眉亭

東梁山西梁山占斷長江相對閒古今雙鬢斑　天漫漫水漫漫人事如潮多往還淺顰深恨間

烏夜啼

雲容曉色相涵征驂碎點遥山山如豆是淮南　路漸遠家漸遠恨難堪見否花邊葉底鬢毿毿

祝英臺近

試單衣扶短策沙路淨如洗乍雨還晴花柳自多麗爭知話别南樓片帆天際便孤了同心連理　鎮縈繫謾有羅帶香囊殺紅鬬輕翠一紙濃愁無處倩雙鯉可堪飛夢悠悠春風無賴時吹過亂鶯聲裏

鵲橋仙 次韵湖上

黄花似鈿芙容如面秋事淒然向晚風流從古記登高又處處悲絲急管　有愁萬斛有才八斗慷慨時驚俗

眼明年一笑復誰同料天遠爭如人遠

又 壽葛宰

松梢擎雪竹枝溥露炯炯照人清韻仙家譜系合長生元不藉藥爐丹井 凌雲壯志垂天健翮九萬扶搖路穩發聞政最有公車定飛下日邊音信

又

一番雨過江頭綠漲催喚扁舟解去重來言語是相寬怎得似而今且住 陽關聲斷同心未綰簌簌淚珠無

數秋鴻春燕往還時莫忘了錦牋分付

又

薄情也見多情也見不似這番著相如何容易買歸舟

報南浦桃花綠漲　隨君無計留君無計贏得淚珠兩

行夕陽明處一回頭有人在高樓凝望

西江月 泛洞庭青草

漠漠波浮雲影遥遥天接山痕一聲漁唱起蘋汀名利

緣渠喚醒　短棹擬攜西子長吟時弔湘靈白鷗容我

作同盟占取兩湖清影

又 垂絲海棠一名醉美人

撚翠低垂嫩蕚匀紅倒簇繁英穠纖消得比佳人酒入香肌成暈 簾幙陰陰窗牖闌干曲曲池亭枝頭不起夢春醒莫遣流鶯唤醒

憶秦娥

秋蕭索梧桐落盡西風惡西風惡數聲新鴈數聲殘角離愁不管人飄泊年年孤負黄花約黄花約幾重庭

院幾重簾幙

定風波

短策飄飄勝著鞭攜壺與客洗愁顔興到為君拚劇飲狂甚論詩説劍口瀾翻　畫燭燒殘花影褪吸似長鯨要使百川乾醉處不知誰氏子只記開窗臨水便迎山

虞美人黄州江上寄王帥

三年萬里黄塵路只欠江湖去扁舟二月下湘灣過了洞庭青草又春殘　東風虎帳多清宴珠履羅翹彦從

知雅吹與鐃歌紅燭樽前還記故人無

又

十年不作湖湘客亭堠催行色淺山荒草記當時篠竹籬邊羸馬向人嘶　書生萬字平戎策苦淚風前滴莫辭衫袖障征塵自古英雄之楚又之秦

又

雲情雨意纔端的津鼓催行色因緣雖淺是因緣猶勝當初無分小留連　劉郎雙鬢青堪照君也方年少尊

前不用苦沾衣未信桃源別後路成迷

踏莎行

雲樹參差煙蕪平遠沙頭只欠飛來雁西風方做一分秋淒涼已覺難消遣　窗底燈寒帳前香燼回腸偏學車輪轉剩衾閒枕自無眠譙門更著梅花怨

蝶戀花

碧樹涼颸驚畫扇窗戶齊開秋意參差滿先自離愁裁不斷蛩螿更作聲聲怨　山遶千重溪百轉隔了溪山

夢也無由見歸計憑誰占近遠銀缸昨夜花如糝

好事近

鴻雁幾時來目斷暮山凝碧别後故園無恙定芙容堪折 休文多病廢吟詩有酒怕浮白不是孤他詩酒更孤他風月

小重山

梧竹因依山盡頭瀟瀟疎雨後幾分秋輕涼無數入西樓凭欄久滿眼動離愁 飛鷺下汀洲不知鴻雁到帶

書否詩鬮酒戲一齊休人如削身在水邊洲

醜奴兒

緑陰窗几明如拭粉黛初匀無限芳心翻動牙籤却殢人 多嬌愛學秋來曲微顫朱唇别後銷魂字底依稀記指痕

又

綺窗撥斷琵琶索一一相思一一相思無限柔情説似誰 銀鉤欲寫回文曲淚滿烏絲淚滿烏絲薄倖知他

知不知

更漏子

秋點長秋夢短怕見黄昏庭院風窸窣雨蕭騷倚窗䰟欲銷　倏蛛絲占鵲起依舊濃愁一紙紅袖黝翠鈿蔫淚痕猶未乾

減字木蘭花

西風淅淅滿眼芙容紅欲滴無限相思百疊青山百曲溪　憑誰説與衣帶别來寛幾許好片心腸不道秋來

早晚涼

臨江仙

上巳清明都過了客愁惟有心知子規昨夜忽催歸驛程郵復記䰟夢已先飛回首故園花與柳枝枝葉葉相思歸來捹得典春衣綠陰幽遠處不管盡情啼

又

鳳前翡鸞飛空燕子寶香猶惹流蘇舊歡淒斷數行書終山方種玉合浦忽還珠　午枕夢圓春寂寂依然刻雪

肌膚覺來煙雨滿平蕪客情殊索莫肯喚一尊無

又

寒食清明都過了客中無計留春東風吹雨更愁人繫船芳草岸始信是官身　悵望故園煙水濶幾時匹馬駸駸別腸何止似車輪殢天天不管轉作兩眉顰

南鄉子

簾幙悶深沉燈暗香銷夜正深花落畫檐鳴細雨涔涔滴破相思萬里心　曉色未平分翠被寒生不自禁

待得夢成翻惡況堪聞飛雁新來也誤人

鷓鴣天

細聽樓頭漏箭移客牀寒枕不勝欹淒涼夜角偏多恨吹到梅花第幾枝　人間濶雁參差相思惟有夢相知謝他窗外芭蕉雨葉葉聲聲伴別離

又　元日呈王帥

柳際梅邊臈雪乾釵頭蝴蝶又成團飄零萍梗江湖客冷落笙簫燈火天　澆濁酒惜流年牙旗夜市幾時穿

太平樂事終須在老去心情恐不然

又

瀟楚偏宜淡薄妝氷涵清潤玉生香祗因夢峽成雲雨便擬吹簫跨鳳皇　新悶阻舊思量多情翻不似垂楊年年纔到春三月百計飛花入洞房

菩薩蠻

池花開遍蓮房老秋聲已入梧桐表葵扇與桃笙尚宜相帶行　危亭三百尺爽氣真堪挹瀹茗且盤旋翩翩

吾欲仙

又

相思繞遍天涯路相思不識行人處多病怕逢春郫堪春正深　日高梳洗嬾鸞鏡香塵揜雙鬢綠鬆鬆一簾花信風

又

惜山不厭山行遠山中禽鳥頻驚見小雨似憐春霏霏容易晴　青裙田舍婦饁餉前村去溪水想平腰喚船

依斷橋

浣溪沙 舊刻誤入山花子二闋今分出

緑瑣窗前雙鳳奩調朱匀粉玉纖纖妝成誰解盡情看柳轉光風絲裊娜花明晴日錦斕斑一春心事在眉尖

又

日轉雕欄午漏分井梧落盡小窗明寶牀絲索嬾關心愁壓春山應脈脈困凝秋水想沉沉低頭時露一灣

金

又

墨綠衫兒窄窄裁翠荷斜嚲領雲堆幾時蹤跡下陽臺
歌罷櫻桃和露小舞餘楊柳趂風回嗔人休訴十分
盃

又

著破春衫走路塵子規啼斷不禁聞功名似我却羞人
象板且須歌皓齒褭蹏何苦惜黃金尊前休負此生

身

山花子 送杜仲高

緑綺空彈恨未平可堪執手送行人碧酒謾將珍重意莫辭斟 我定憶君吟渭北君須思我賦停雲未信高山流水曲斷知音

又

流轉春光又一年春愁盡日兩眉尖草草幽歡能幾許已天邊 會得音書生羽翼免教魂夢役關山簾捲落

花千萬點雨如煙

卜算子 柬趙僉

憶自別郎時數到郎歸日及至郎歸郎又行淚臉香紅溼殘夢怕尋思冐繡慵收拾夏簟青青白晝長背倚闌干立

醉蓬萊 壽史帥

政槐雲濃翠榴火殷紅暑風涼細紫府神仙向人間游戲瑞節珠幢瓊纓寶珮炯冰壺標致經濟規模登庸衣

缽家傳如此　禮樂醇儒詩書元帥盡洗凡蹤平吞餘子敬簡堂深且從容一醉慶祉綿綿功名袞袞比衡山湘水更把陽和從頭付與滿門桃李

醉落魄

藕花初發薰風庭院涼成雲碧紗金縷籠香雪記得年時心事凭欄說　如今阻頓音書絶夜窗羞見團團月錦囊塵暗黃金玦留取多情歸趂好時節

江城子　次洪如晦韻

醉來玉樹倚風前舉吟鞭指青帘烏帽低昂搖兀似乘船傍路誰家妝束巧斜映日半窺簾　尋歡端合趁芳年對鷗絃且陶然紙上從渠劉蹶與嬴顛漠漠緑陰春復夏多少事總懸天

訴衷情　宿琴圻江上

子規聲老又殘春猶作未歸人天意不能憐客何事苦教貧歸去也莫逡巡好從今秧田車水麥隴腰鐮總是關心

朝中措

駁雲行雨苦無多晴也怏如梭春思正難拘束客愁誰為銷磨　尋花覓識傳盃託意種種蹉跎消息不來雲錦淚痕溼滿香羅

又

逢逢船鼓緑楊津彼此是行人先自離愁無數那堪病酒傷春　岸花檣燕低飛款語滿面慇勤後會不知何日因風時惠嘉音

柳梢青

征路迢迢征旗獵獵征袖徘徊撲簌淚珠怕聞别語慵擧離盃春風花柳齊開只唤做愁端恨媒一片衷腸十分好事等待回來

滿庭芳 次仁和韻時欲之官永興

二十年間舊遊蹤跡夢飛岳麓湘灣征衫再理秋老菊花天為客問君何好愛水光山色爭妍經行處旗亭酤酒曾記屋東偏　噫其吾甚矣不慚蹇拙欲闘嬋娟辦

輕輿短艇强載衰顔人道郴陽無雁奈情鍾藕斷絲聯
須相憶新詩賦就時復寄吳牋

竹齋詩餘